KB181850

한국 희곡 명작선 43

롤로코스터

한국 희곡 명작선 43

고령화 사회를 극복하기 위한 국가 전략
롤로코스터

국민성

평민사

국민성

롤로코스터

작의(作意)

청년들은 더 이상 포기할 수 없을 만큼 포기를 계속하고, 사회는 '노인을 위한, 노인에 의한' 전대미문의 고령사회로 변해가고 있는 대한민국.

2100년, 한국의 총인구는 2947만 명으로 반 토막이 난다는 기사까지 접하고 보니, 이 나라에 과연 희망은 있는 것인가. 미래는 있는 것인가, 의문이 들기 시작했다.

2060년, '노인 40% 시대', 세계 1위 노인 대국(UN 인구 추계)으로 등극한단다.

거리에서 만나는 사람 10명 중 4명은 노인이고 한 명만 어린이인 세상.

노인이 지금보다 3배 늘면 건강보험 보험료를 현재보다 3배쯤 더 내야 유지된다고 한다. 국민연금은 더 심각하다고 한다. 연금 기금 고갈이 예정된 2060년, 한 해 동안 은퇴자에게 지출할 돈이 무려 280조원이나 부족하다는 것이다.

과연 대한민국은, 우리 국민은 이 사태를 감당할 준비가 되어 있나.

이 작품은 이 질문에서 시작되었으며 현재인들의 미래사이자 미래인들의 현재사다.

등장인물

강희건 - (71~51) 경제인연합회 회장. 보험, 전자, 식품, 숙박, 리조트(네버랜드), 요식업 등 돈 되는 사업이면 투자 및 인수합병을 통해 소유해야 직성이 풀리는 탐욕가답게 10년만에 자신이 세운 천국그룹을 재계 1위로 만들었다.

박무환 - (71~51) 강희건의 친구. 강희건의 전폭적인 지지로 대통령이 됐으며 국민, 특히 청년들의 인기에 힘입어 삼선까지 했다.

김중대 - (57~68) 희건과 박무환의 고교 선배. 경제학자. 방송 MC로도 활동.(女도 가능)

남봉군 - (30~50) 강희건과 직업여성 사이에서 태어나 버림받은 아들. 사실을 아는 사람은 어머니와 강 회장 그리고 자기 뿐이다. 비밀을 지키는 조건으로 경제적인 도움을 받았다. 청년들의 안전한 미래를 사수하기 위해 만든 비밀단체 〈청안미사단〉을 이끌고 있다.

장아성 - (60대~40대) 박무환의 보좌관에서 대통령 비서실장이됨.

황제용 - (20대~40대) 천국그룹 비밀 장학생. 남봉군의 오른팔처럼 군다.

공주영 - (20대~40대) 천국그룹 비밀 장학생. 남봉군의 왼팔처럼군다.

패널A, B / 전문가1,2 / 공주영의 가족(할아버지, 큰아버지, 큰어머니, 아버지, 어머니, 고모) / 경찰1,2
그 외 작품 참조.

때

2040년→2020년

곳

대한민국

무대설명

작품을 참조하되, 열린 무대로 시공간을 보여줄 수 있는 간단한 소도구를 활용하면 좋겠다.

프롤로그

2040년.

청와대가 보이는 오피스텔 꼭대기 층. 강희건과 박무환의 비밀 아지트이다.

벽에 2040년 달력이 걸려있다. 강 회장(71), 골프복 차림으로 골프채를 휘두르고 있다.

박무환(71), 역시 골프복 차림으로 들어선다.

박무환 20층까지 한 시간 걸렸네.

강 회장 난 40분.

박무환 요새도 꾸준히 계단운동하나보네.

강 회장 (골프채를 휘두르며) 늙으면 할 일이 많지 않으니까.

박무환 하루 24시간이 모자라는 사람이 뭘…….

강 회장 그러게. 왜 그렇게 살았나 몰라.

박무환 그 덕에 먹고 사는 사람이 수백만이야.

강 회장 (창가로 가며) 부질없어. 뒤쫓는 사람은 없었나?

박무환 등잔 밑이 어둡다는 자네 말이 맞았어.

강 회장 청와대 지붕 말야. 푸른색이 좀 바랜 것 같은데, 칠을 다시 해야 하는 거 아냐?

박무환 지금 청와대 지붕 색깔 걱정할 때야. 당장 코앞에 닥친 우리 일. 어떡할 텐가.

강 회장 청안미사단이 아이디어를 내고 내가 밀어붙이고, 자네가 법으로 만들었잖나.

박무환 그때는 당선이 목적이었으니까, 우선 당선되고 봐야했으니까.

강 회장 세 번씩이나 해먹을 줄은 몰랐지?

박무환 처음엔 겨우 51프로가 찬성을 했으니까. 간당간당.

강 회장 이십대에서 사십대까지는 몰표를 던졌지. 먼 미래라고 생각했을 테니까.

박무환 젊을 땐 늘 시간이 더디게 간다고 느끼니까.

강 회장 20년도 찰난데 말이야.

박무환 그때 그걸 알았더라면…….

강 회장 그때 그걸 알았더라면…….

회상에 잠기는 두 사람.

1장. 갈등

2020년.

김중대(57)가 진행하는 시사토론 프로그램이 방송되고 있다.

김중대   2020년 현재. 지난 2018년부터 학자들이 선진국을 지탱하던 복지 시스템이 뿌리부터 흔들리고 있다며, 끊임없이 연금제도 개혁의 필요성과 개혁에 실패할 경우 일어날 것이라고 예단했던 문제점들이 가시화 되고 있습니다. 주요 선진국들이 저성장·저출산의 덫에 빠지면서 연금 개혁과 사회복지 문제로 몸살을 앓고 있다는데요, 그렇다면 우리나라 대한민국은 어떨까요?

패널A   연금제도를 개혁하지 않고도 지급액을 현 수준으로 유지할 수 있다고 말하는 건, 청년층을 상대로 한 정부 차원의 광범위한 '폰지 사기'나 마찬가집니다.

김중대   폰지 사기는 실제 자본금이 거의 없는 상황에서 투자자를 끌어 모으고 나중에 투자하는 사람의 원금을 앞선 투자자에게 지급하는 다단계 금융사기를 말씀하시는 거죠?

패널A   우리 사회자님 상식이 풍부하시네요.

김중대   칭찬, 감사합니다. 오늘 우리는 '국민연금 이대로 좋은가. 청년들의 미래, 안전한가'라는 주제로 이야기를 나누고 있습니다.

패널B 안전하기는 개뿔. 국민연금뿐만 아니라 공무원연금, 군인연금까지 지금 당장 개혁하지 않으면 우리 청년들의 미래는 암울한 정도가 아니라 붕괴되고 말 겁니다.

김중대 표현이 좀 과격하신 것 같습니다, 양 교수님.

패널B 과격하지 않습니다. 평균수명 증가와 저출산으로 인한 인구 고령화 때문에 지금의 사회보장제도는 지속 불가능한 구조입니다. 정부 차원에서 연금제도와 세제를 개혁하고, 개인들도 정부에 대한 기대를 낮추고 자체적으로 노후를 대비해야만 합니다.

김중대 사회보장제도를 유지하기 위한 재정 부담이 점점 심화된다고 보시는 겁니까?

패널B 그렇습니다. 세금을 낼 수 있는 노동인구는 줄고 부양해야 할 노년층은 급증하는 상황이기 때문에 어떤 정부도 장기적으로는 채무 불이행 위험에서 자유롭지 않습니다. 낮은 출산율 때문에 인구고령화가 빠르게 진행되고 있습니다. 재정 격차가 계속 확대될 수밖에 없다, 이 말이죠.

패널A 노인복지를 위해 공적연금이 당장 강화되어야 합니다. 보편적 복지로 가기 위해 반드시 필요한 과제죠.

김중대 하지만 경제 불황으로 '보편적 복지'를 두고 젊은 층과 노인 간의 세대 갈등 문제가 불거지고 있습니다.

패널A 노인연금의 증가는 선택이 아니라 필수적으로 이루어져야 할 사안입니다. 공적연금은 부모와 자식 중 누가 더 많은 정부 혜택을 얻는지 '경쟁'하는 것이 아닙니다. 물론 무턱대고 20, 30대 청년들에게 노인들을 위해 경제적 부담을 더 지겠느냐고 하면 '아직 대학등록금도 못 갚았는데 무슨 개 같은 소리냐', '집 사려고 돈 모으기도 바쁘다'며 반발합니다.

패널B 제가 생각하기에 현재 우리 사회의 노년층이 과도하게 이기적인 것 같습니다.

패널A 그렇게만 보실 문제가 아닙니다. 젊은이들도 미래에 언젠가는 노인이 된다는 사실을 받아들여야 합니다.

패널B 국민연금 개혁해야 합니다. 당장 개혁하지 않으면, 이르면 2040년, 늦어도 2060년에는 고갈되고 말 것입니다.

패널A 공적연금을 강화해야 합니다. 선진국과 달리 우리나라는 자녀들이 결혼할 때까지 비용을 부담합니다. 심지어 손자의 비용까지 부담하는 부모도 있습니다. 이런 문화권에서 부모들이 노후를 준비한다는 건 어불성설입니다.

패널B 손자까지 비용 부담하라고 누가 등 떠밀었습니까? 대책도 없는 내리사랑부터 근절해야 합니다.

패널A 안 주면 옆집 부모랑 비교하며 비난하고, 절교까지 합니다.

패널B 그런 자식이라면 딱 인연을 끊어야죠.

패널A 그래서 당신은 혼수로 집 사주고, 손자 교육비까지 다 부담하고 있습니까?

패널B   탁 교수, 내 뒷조사 했어? 나 지금 사찰 당한 거야? 그런
거야?

두 패널, 멱살 잡고 싸운다.

김중대   (호루라기 분다. 패널들, 서로를 놓고 옷매무새 추스른 후 자리에 앉으
면) 동시대, 또래들끼리도 이렇게 의견이 분분한데 어떻
게 통일된 의견을 낼 수 있을지 막막합니다. 세대 갈등
은 제쳐두고 같은 세대 간 갈등부터 해소해야할 판입니
다. 연금 개혁과 노인복지, 청년들의 일자리 창출과 안전
한 미래는 공존할 수 없는 것일까요? 참으로 갑갑하고
답답하기만 합니다.

화면, 아웃된다.

2장. '청안미사단' 비밀 아지트

청년들의 안전한 미래를 사수하기 위해 만든 비밀단체 '청안미사단' 입회식.

남봉군(30), 황제용(20대), 공주영(20대), 선서를 하고 있다.

남봉군　입회 선서!

황제용·공주영　입회 선서!

남봉군　하나, 우리는 대한민국 청년의 안전한 미래를 위해 헌신한다.

황제용·공주영　하나, 우리는 대한민국 청년의 안전한 미래를 위해 헌신한다.

남봉군　하나, 우리는 '인생칠십고래희'를 현실화시키기 위해 헌신한다.

황제용·공주영　하나, 우리는 '인생칠십고래희'를 현실화시키기 위해 헌신한다.

남봉군　하나, 우리는 국가, 가족, 애인, 친구보다 조직을 위해 헌신한다.

황제용·공주영　하나, 우리는 국가, 가족, 애인, 친구보다 조직을 위해 헌신한다.

강재용　(서류를 건네며) 비밀 서약서에 사인하십시오.

황제용　(본다) 조직이 최우선이다. 그러므로 조직을 위해 어떤 희

생도 감수해야 하며 조직이 원하면 목숨도 바칠 수 있어야 한다.

공주영 조직의 일은 절대 비밀이어야 한다. 누설 시에 쥐도 새도 모르게 사라질 수 있다.

남봉군 조직원들 각자는 서로를 모릅니다. 두 분은 같은 프로젝트를 위해 열외로 하였습니다만, 어떤 경우에도 조직원임을 내색해서는 안 됩니다. 같은 단체에 함께 잠입하게 될 때에도 우리는 그곳에서 만난 사람들이어야 합니다. 청안미사단은 비밀단체라는 걸 명심하십시오. 접선방법은 천국쇼핑몰을 이용합니다. 질문 있습니까?

황제용 청안미사단 단원으로 활동할 경우 천국그룹 취직은 확실한 겁니까?

남봉군 강희건 회장님을 아십니까?

공주영 대한민국에서 강희건 회장 모르면 간첩이잖아요. 아니지 간첩도 알걸. 자수성가로, 그것도 겨우 쉰 살에 대한민국 1등 그룹의 오너가 되신 분인데.

남봉군 제가 그분의 숨겨둔 아들입니다.

공주영 그분은 결혼을 안 하신 걸로 아는데요.

남봉군 그래서 말씀드렸잖습니까. 숨겨둔 아들이라고. 아니 숨겨진 아들인가. 후후…… 어쨌든.

황제용 그러고 보니 많이 닮은 것도 같습니다.

남봉군 하지만 비밀입니다. 아버지께서 당신 입으로 직접 밝히기 전엔 누구도 알아선 안 되는 비밀.

공주영　우리는 이미 알았잖아요?

남봉군　같은 프로젝트를 하게 된 사람들에게 드리는 특권입니다. 비밀 공유. 사인하시겠습니까?

황제용　다, 당연하죠. 무엇보다 노땅들 득시글거리는 세상에서 살고 싶지 않습니다. 그래서 전 청안미사단에 반드시 입회해야 합니다.

공주영　저도 마찬가집니다. 지하철, 백화점, 공원, 이젠 도서관까지 노인들 세상이 돼버렸어요. 징글징글합니다.

황제용　알바자리도 마찬가지에요. 우리 청년들 꿀알바 임상시험도 죄다 늙은이 판이라니까요.

공주영　편의점, 패스트푸드점, 카페는 어떻구요?

황제용　인생칠십고래희 현실화해서 고령화사회, 반드시 막아야 합니다.

공주영　70년씩이나 살고도 더 살고 싶을까요? 이 땅에 노땅들이 사라지는 그날까지, 퐈이야!

남봉군　사인하시죠.

황제용과 공주영, 각각 사인한다.

남봉군　청년이 아프면 국가도 아픕니다. 청년이 없으면 국가도 없습니다. 초고령화 사회가 도래한 대한민국은 희망이 없습니다. 우리의 일자리, 우리의 연금, 우리의 복지, 우리의 미래를 노땅들로부터 지켜내야 합니다. 우리 〈청안

미사단〉이 앞장서서 대한민국에 노인이 없는 나라를 만
듭시다!

황제용·공주영   청년이 아프면 국가도 아프다. 청년이 없으면 국가
도 없다!

3장. 밀실 담합

박무환(51), 우리국민당 대선 후보. 선거전략기획본부장 장아성 (40대)과 경제 및 노인문제 전문가들로부터 학습 중이다. 김중대 도 있다.

전문가1   과학의 발달이 인류의 선물이었던 적이 있었죠. 하지만 이젠 재앙입니다. 의학의 발달로 인간의 수명이 늘어난 게 축복인 줄 알았는데, 보세요. 대한민국은 이미 노인의 나라가 되어버렸습니다.

전문가2   인생칠십고래희는 옛말 중에서도 옛말입니다. 요샌 70세 청년 시댑니다. 100세 시대는 바로 지금, 우리 대한민국 의 현실입니다. 문제는 65세 이상의 빈곤율이 48.6%로 OECD 국가 중 1위라는 것입니다.

전문가3   일등만 좋아하는 우리 대한민국. 영광스럽게도 노인 자 살률도 1윕니다. 현재 노인 부부만 함께 생활하는 세대는 44.5%, 독거노인은 23.5%나 됩니다. 가장 불쌍한 세대는 6·25 전쟁이 끝난 후인 1955년부터 1963년 사이에 출 생한 베이비부머세대의 맏형들입니다. 연금이 고갈된 후 에도 부모를 부양해야 하는 마지막 세대거든요.

박무환   해서 우리 형이 고민이 많습디다. 내가 형을 너무 외면 한 게 아닌가 싶어요. (형을 생각하는 듯) 형 미안해.

장아성   후보님!

박무환   미안합니다. 계속하세요.

전문가1   노인빈곤 문제보다 더 심각한 문제는 인구 감소입니다. 통계청 추계치에 의하면 2100년, 대한민국 총인구는 2947만 명으로 반 토막이 난다고 합니다.

박무환   탁 박사님, 너무 멀리 갔어요. 이번 선거에 필요한 얘기 만 했으면 좋겠는데…….

장아성   제 자식들에겐 이미 '확정된 미래'입니다, 후보님.

박무환   인구가 줄면 지금보다 살기 좋은 거 아냐?

전문가1   물론 줄어드는 인구가 노인이라면 얘기는 달라질 수도 있겠죠.

전문가2   이 상태로라면, 거리에서 만나는 사람 10명 중 4명은 노 인이고 한 명만 어린이인 세상이 곧 올 겁니다. '노인을 위한, 노인에 의한' 전대미문의 고령 사회. 일하는 사람 보다 노인이 많은 활력 없는 사회가 되면, 어떤 문제가 발생할까요?

김중대   노인이 지금보다 3배 늘면 건강보험도 보험료를 현재보 다 3배쯤 더 내야 유지됩니다.

전문가1   국민연금은 더 심각합니다. 연금 기금 고갈이 예정된 2060년 한 해 동안 은퇴자에게 지출할 돈이 무려 280조 원이나 부족하게 됩니다.

박무환   280조?

전문가들   (동시에)후보께서는 이런 사실을, 이런 상황을 감당할 준비가 되어 있습니까.

박무환, 피곤하다. 장아성, 김중대에게 눈치를 준다.

김중대   (얼른) 박사님들, 오늘은 여기까지 하시죠. 박후보님께 복습할 시간을 드려야 하지 않겠습니까. 또 모시겠습니다. 앞으로도 계속 우리 박후보님을 위해 고견을 부탁드리겠습니다. 함께 좋은 세상 만들어봅시다.

전문가1   (박무환에게 90도 절) 절대 충성하겠습니다, 후보님.

박무환   잘 부탁드립니다. 좀 살살해 주세요.

장아성   그건 안 됩니다, 후보님. 교수님들이 늑대라면 상대후보는 사잡니다.

전문가2   역시 젊으신 분이라 패기가 넘치십니다. 후보님 걱정마세요. 저쪽이 사자라면 이쪽은 블랙맘밥니다. 사자 잡는 독사뱀이죠. 공격성이 강하고 독이 많아 세계에서 가장 무서운 뱀이라고 합니다.

박무환   블랙맘바라. 이름도 맘에 드는데요. 든든합니다. 든든해요.

김중대   배웅하고 오겠습니다. 가시죠, 박사님들.

전문가들, 인사하고 퇴장. 김중대가 그들을 배웅한다.

다른 방에서 CCTV로 지켜보고 있던 50대의 강희건(천국그룹회장), 모습을 드러낸다. 김중대도 돌아온다.

박무환 봤냐? 연금개혁 성공 못하면 대통령 되더라도 욕바가지 되는 거야.

강 회장 현 정부가 나서서 특단의 대책을 마련하라고 해. 차기 정부에 짐 안 되게.

박무환 현 정부가 무슨 힘이 있어?

강 회장 힘이 없는데 뭐 하러 정권을 잡았대?

박무환 힘이 있을 줄 알고 잡았겠지.

강 회장 지나친 포퓰리즘에 휘둘려서 권력을 발휘할 기회조차 잃은 거야.

박무환 투표권 가진 사람들 말을 어떻게 안 듣냐?

강 회장 대중은 개돼지다 생각해야지. 표 찍을 때나 반짝 관심 갖고 이내 잊는 게 대중이잖아.

박무환 (공포) 강 회장님~ (주위를 살핀다) 공든 탑 무너뜨릴 작정이십니까? 口禍之門. 입이 화근임을 몸소 체험하셔놓고선 아직도……

강 회장 후보님~ 높은 자리 있는 양반들 생각을 대변했을 뿐입니다만.

박무환 저 박무환 맹세코 백성은 왕이다! 섬기고 또 섬깁니다.

강 회장 그럼 의원이나 해. 대통령 하지 말고.

박무환 어허. 구화지문. 지금은 유세기간입니다.

강 회장 그러니까 유세기간에만?

박무환 으흠…… 사실 우리 정치인들이 뭐 할 줄 아는 게 있습니까? 이빨만 깔 줄 알았지 일이야 기업인들이 제대로 하지요. 안 그렇습니까, 강 회장님?

강 회장 부인하고 싶어도 마땅한 핑계가 안 떠오르는군요.

박무환 이래서 전 강 회장님이 좋습니다. 강단, 판단, 결단 거기다 절단까지 무소불위의 권력과 실행력을 갖추신 걸 대놓고 자랑하시니까요.

김중대 농담 따먹기나 할 상황 아냐. 연금 개혁과 청년 일자리 문제를 해결할 특단의 대책을 내놓지 않으면 누구의 표도 잡을 수 없어.

강 회장 그거 하라고 선배님 부른 거잖아요.

김중대 사실 현실적으로 솔로몬이 와도 풀기 어려워. 당장 내 제자들한테도 희망을 가지라는 말을 할 수 없다니까. 고령화 문제는 정말 심각해.

강 회장 인간은 누구나 늙고 죽어가. 그래도 세상은 돌아가고.

박무환 그렇지.

강 회장 권력 잡는 게 우선이야. 무조건 해결하겠다고 해. 중대 선배는 계속 학자들 만나서 답을 찾아보고.

박무환 좋습니다. 전 그저 나팔수 노릇만 열심히 하겠습니다. 좋은 아이디어 팍팍 쏟아주세요, 회장님, 교수님.

강 회장 그럼, 나팔 제대로 한 번 불어보시던가요.

밀실 암전되고 박무환은 밀실에서 빠져나와 띠 두르고 선거유세를 다닌다.

4장. 유세장

박무환의 선거 유세.

박무환   국민여러분, 우리 청년들을 두고 11포세대라고 합니다. 저 박무환 청년들이 포기한 11가지, 포기 못하게, 안 하게 하겠습니다, 여러분.

청년들의 현재, 청년들의 미래, 흔들리지 않도록 국민연금 개혁 확실하게 하겠습니다. 어르신들, 다가올 고령화 시대 걱정 마십시오. 저 박무환, 노후 걱정 없이 살 수 있도록 연금문제도 정상화, 현실화 시키겠습니다. 저 박무환에게 투표하면 청년들이 살고, 대한민국이 삽니다. 저 박무환에게 투표하십시오. 노인 복지천국을 만들어 드리겠습니다. 저 박무환에게 투표해 주십시오, 여러분~

황제용(20대)   고령화 문제를 어떻게 해결하겠다는 거죠?

장아성   (서둘러 막아서며) 질문은 나중에 받겠습니다. (명함 주며) 연락주시면 상세하게 설명 드리겠습니다. 후보님, 광동시장에서 지지자들이 기다리고 계십니다. 떡볶이가게 문 닫기 전에 서둘러야 합니다. (밀다시피해 간다)

5장. 청안미사단 아지트

남봉군과 공주영, 프로젝터를 이용, 영상을 보며 얘기 중이다.

남봉군 놀이공원의 꽃 롤로코스터. 스릴과 스피드 공포의 대명사.

공주영 넘버 원. 미국 뉴저지주 Six flags 놀이공원의 놀이기구 '킹다카' 시속216km, 높이139.5m. 세계에서 가장 빠르고 가장 높은 놀이기구. 회전하는데 걸리는 시간은 단 20초.

남봉군 웬만한 강심장으로 저건 못 타지.

공주영 다음 넘버 틉니다! 미국 오하이오주 Cedarpoint 놀이공원의 탑 스릴 드랙스터 Top Thrill Dragster. 출발하고 추진구간에 들어선 다음, 단 몇 초 만에 시속 139km까지 가속되며 순식간에 높이 128m까지 치솟는 극한의 스릴이 특징. 2003년도 출시되어 세 가지 신기록 보유. 가장 높은, 가장 빠른, 가장 빠르게 떨어지는.

남봉군 보는 것만으로도 심장이 떨리는 군.

공주영 넘버 쓰리. 일본 도쿄 돔 시티놀이공원의 썬더 돌핀 Thunder Dolphin. 관람차 가운데로 지나가는 둥근 트랙과, 빌딩 위 날으기, 그리고 Wheel을 통과한다는 점이 특징입니다. (영상 멈춘다)

남봉군 다야? 롤로코스터를 태우려면 미국이나 일본까지 가야

한다는 거야?

공주영 원 투 쓰리가 국내에 있다면 금상첨화겠다 싶어서 보여 드린거구요…… 국내용은 따로 준비했습니다. (영상 튼다) 경기도 용인 시에 위치한 네버랜드 놀이공원.

남봉군 그거 천국그룹 꺼지?

공주영 아마도. (영상을 보며) 티익스프레스. 세계 최초 77도 낙하. 최대속도 104km.

남봉군 넘버 텐에도 못 들어가겠다.

공주영 실망하지 마세요. 체감속도가 무려…….

남봉군 무려?

공주영 무려 220~259km.

남봉군 와우! 스릴 스피드 완전 대박.

공주영 뿐만 아닙니다. 엉덩이가 허공에 뜨는 에어타임이 무려 12회!

남봉군 오머나, 공포까지. 테스트 해봤어?

공주영 두말하면 잔소리죠. 보시죠. (롤로코스터에 앉은 채로 고개가 꺾인 사람의 사진이다) 나이 60세. 직업 무, 가족 모름, 사는 곳 죽전 역. 사인 심장마비.

남봉군 (뭐냐?)

공주영 나랑 저거 타면 원하는 만큼 술 사주겠다고 했더니 덥석 물더라구요. 저 노출 안 당했습니다. 맹세코.

남봉군 노숙자면 건강 상태가 나빠서일 수도 있잖아.

공주영 감안해서 60세로 골랐습니다만.

남봉군   기안서 만들자. 제용이한테 준비 완료 메시지 보내고.

남봉군, 노트북을 열고 작업을 시작한다. 그 사이 공주영은 메시지를 보낸다.
천국쇼핑몰 검색하고, 게시판에 글을 올리는 것이 그들의 연락방법이다.

공주영   천국쇼핑몰 접속 오케이. 옷이 너무 맘에 드네요. 내일 파티에 입고 가려고 하는데, 다섯 시까지 배송 가능한가요?

6장. 밀실담합2

박무환, 강희건, 김중대, 장아성, 전문가와 함께 연금 개혁 문제 답을 찾기 위해 심각하게 의논 중이다.

장아성 아시겠지만, 두루뭉술한 정책은 없습니다. 얼렁뚱땅 넘어갈 수 있다고 생각하셨다면 우리 국민들 수준을 너무 얕잡아보신 거죠. 우리나라 대학진학율이 70%가 넘습니다. 그러니 오늘은 연금문제와 청년들 일자리 문제의 해답을 반드시 찾아야 합니다.

박무환 내가 어릴 때만 해도 말이야, 인생칠십고래희였는데 말이야.

전문가1 두보가 살던 시절엔 기적이었겠죠.

박무환 세상이 너무 좋아졌어. 인간들이 너무 오래 살아.

전문가1 그러게 말입니다. 어떤 사람들은 적당한 때 죽어주면 좀 좋아요. 우리끼리 말인데 잉여인간들도 많잖아요.

전문가2 적절한 표현이 아닙니다. 잉여는 쓰고 남은 것을 말하는데, 도대체 어떤 인간이 쓰고 남은 것입니까?

전문가1 제 표현이 적절하지 못했습니다. 송구합니다, 박사님.

전문가2 제가 아니라 노인들께 사과하셔야 할 일입니다.

김중대 김 박사! 우리끼린데 너무 딱딱하게 그러지 말아요. 탁 박사도 답답해서 한 말 아닙니까.

박무환　　나 참…… 언제부터 우리가 연금으로 살았는지 원……
　　　　　　각자 알아서 살아야지 말야, 지지자들도 그래. 내가 마
　　　　　　술을 보여주길 바라는 거야. 아까 보셨죠? 젊은 것들이
　　　　　　와서 니가 갖고 있는 연금개혁 방안이 뭐냐고 따져 묻
　　　　　　는 것.

장아성　　그렇기 때문에 확실한 대안만 제시하면 당선은 떼 논 당
　　　　　　상입니다, 후보님.

박무환　　낸들 몰라. 하지만 대안이 없잖아. 국민들이 무릎을 칠
　　　　　　만한 대안. (전문가들을 향해) 그쪽으로 연구만 몇 십 년 씩
　　　　　　하신 분들이라 기대했는데 실망입니다.

　　　　　　전문가들, 불쾌하지만 내색하지 않으려 비굴한 미소.

박무환　　청년들도 문제야. 왜 시작도 안 해 보고 포기부터 하냔
　　　　　　말이지. 그리고 오지도 않은 미래를 지들이 어떻게 진단
　　　　　　하고 판단해? 당장 취직할 생각은 않고 오지도 않은 환
　　　　　　갑진갑을 걱정하고 있다는 건 낙오자 심보 아냐?

강희건　　권리나 기회는 없고 의무와 부담만 늘어나는 미래가 기
　　　　　　정사실화 되고 있습니다. 일자리는 없고, 생활비는 늘어
　　　　　　나고…… 쿠데타가 일어나지 않은 것만도 다행이라고
　　　　　　보셔야 합니다.

박무환　　그 참. 무섭게 왜 그래? 강 회장님, 우리가 남이야? 당신
　　　　　　남의 편이냐구?

강희건   송구합니다, 후보님.

박무환   기업들도 그래. 사장 혼자 잘 먹고 잘 사면 뭐하냔 말야.
         팍팍 풀어서 시설도 보강하고 일자리도 확확 늘리고 그
         러면 좀 좋아.

강희건   여기저기서 곡소리 들리지 않습니까? 이런 추세라면 줄
         초상이 아니라 줄부도가 날 사태에요. 일자리 늘리면 뭐
         합니까? 물건 만들어봤자 팔아먹을 대상이 없는데.

김중대   맞습니다. 고령화보다 무서운 게 저출산입니다. 미래의
         경제활동 인구가 줄어드는 건 아주 심각한 문젭니다.

전문가1   청년들에게 희망을 주는 나라가 되어야 합니다. 우리들
         이 나이가 들어도 복지와 연금이 안정적으로 보장될 수
         있다는 믿음이 있을 때 결혼도 하고 출산도 하고 육아도
         하지 않겠습니까?

박무환   그걸 누가 모릅니까? 해결책, 답, 대안을 달란 말입니다.
         아니면 가셔서 일당 백으로 애나 만드시든가요.

강희건   후보님~ 口禍之門.

박무환   (앓는 소리)

전문가1   우선 연금수급자를 줄여서 연금 손실을 막고, 그 돈으로
         청년들 일자리를 만드는데 투자해 청년들에게 권리와
         기회를 찾아주는데 주력해야 합니다.

전문가2   고령화 시대에 연금수급자를 줄인다는 게 말이 되는 말
         입니까? 수명은 늘어나고 더불어 노인인구도 늘어나는
         게 현실인데요?

전문가1   말은 안 되지만, 그 방법 말고…… (설명하다 '욱') 아니 그 럼 탁 박사님은 대안이 있습니까?

장아성   롤로코스터.

일동   (본다) 롤로코스터?

박무환   무슨 뚱딴지 같은 소리야? 장 본부장 정신 차려!

장아성   (문 쪽을 향해) 들어오세요.

황제용과 공주영 들어온다. 일동, 당혹스럽다.

장아성   우리 캠프 청안미설사, 팀장들입니다.

박무환   청안미설사? 우리 캠프에 그런 게 있었어?

장아성   '청년들의 안전한 미래를 설계하는 사람들'이란 뜻입 니다.

황제용·공주영   안녕하십니까, 황제용, 공주영입니다.

장아성   기안서 돌리세요.

박무환   사전 예고도 없이……

장아성   일단 기안서를 먼저 봐 주십시오!

황제용   고령화를 막을 수 있는 획기적이고 합법적인 정책입니다.

일동, 기안서를 본다. 표정들이 심각하다.

김중대   이게 합법이라구요?

장아성   놀이기구 타는 게 불법입니까?

일동   아니지요.

전문가2   그렇지만 이건 강제성이…….

남봉군   (들어선다) 국가가 모든 비용을 부담하는 최신, 최고의 실버타운에 입주하기 위한 관문일 뿐입니다.

박무환   쟨 또 뭐니?

장아성   기안 대표잡니다. 롤로코스터 전문가이기도 합니다.

김중대   누굴 많이 닮았습니다. (강희건을 본다)

강희건   형 술 좀 줄여. 동태 눈깔 됐잖아.

김중대   아니 난 강 회장이라고 안했는데…….

박무환   (버럭) 도대체 롤로코스터가 뭔데?

김중대   강 회장네 놀이공원 네버랜드에서 타보셨잖습니까.

박무환   아~ 작년에 젊은 유권자들에게 가까이 다가가야 한다면서 타게 했던 거?

장아성   맞습니다, 후보님.

박무환   그거 탔다가 나 심장 멎을 뻔 했잖아.

장아성   그것도 맞습니다, 후보님. 그러니까 일단 좀 경청해보시죠. (남봉군에게) 계속하시죠.

남봉군, 공주영과 황제용에게 시작하라고 한다. 황제용, 영상을 준비한다. 영상 큐.

공주영   T익스프레스. 세계 최초로 77도 낙하. 최대속도 104km 체감속도 220~250km. 엉덩이가 허공에 뜨는 에어타임

이 무려 12회

박무환 저거 노인네들 못 타. 마흔아홉에 저거 탔다가 심장 멎는 줄 알았다니까.

남봉군 그게 포인틉니다, 후보님.

박무환 뭐가?

남봉군 심장 멎는 거.

캠프사람들 (동시에) 심장마비?

남봉군, 장아성, 황제용, 공주영 회심의 미소를 짓는다.

강희건 그러니까 최신 실버타운을 국가 차원으로 운영하고 만 71세는 무조건 입주하게 하되 롤로코스터를 통과해야만 가능하다?

남봉군 그렇습니다. 실버타운으로 가는 유일한 문은 롤로코스터니까요.

강희건 자네 제정신인가?

전문가 심장마비 걸려서 살아남을 사람도 없을 것 같은데…….

남봉군 역시, 학자시라 핵심을 너무 잘 집어 주시는군요.

캠프 사람들, 남봉군을 뜨악하니 본다.

박무환 (박수를 친다) 브라보! 늙은이들 롤로코스터 태워서 심장을 멎게 하겠다 뭐 그런 건가?

장아성 (당황해) 심장이 멎는 경우가 그렇게 흔하겠습니까, 후보님?

박무환 그런가…… 뭐 어쨌든 그러니까 국민연금을 사수하기 위한 대국민 사기극을 해보자 뭐 이런 건가?

장아성 (당황) 후보님!

기안자들, 난감하다.

박무환 우리끼린데 내숭떨 거 없잖아.

강희건 그거 노약자들은 탑승 금지야.

남봉군 주의가 필요하다고 했지 금지는 아닙니다, 회장님.

김중대 하지만 누가 이걸 타려고 할까? 젊은 친구들도 꺼려하는 위험한 놀이기구라면서?

남봉군 해서 법제화가 필요합니다.

일동 뭐?

전문가2 이봐요, 청년. 방금 본인이 무슨 말을 했는지 인지하고 있어요?

남봉군 물론입니다. 노인들을 롤로코스터에 태워서 실버타운으로 인도하자.

강희건 강제로 태울 순 없잖아.

남봉군 법제화가 필요하다고 말씀드렸습니다만. 여기 계신 분들이야 법 위에 계시는 분들이시니 두려워하실 게 없습니다. 법은 무지몽매한 서민들을 다스리기 위해 필요한 거니까요.

김중대 우리 국민들을 너무 무시하는 거 아닌가. 우리 국민들 지적수준은 우랑우탄 수준이 아니야.

공주영 하지만 의식수준은 0에 가깝습니다. 1등, 승자, 이익을 좇는 데만 혈안이 되어 있으니까요. 누군가가 피해를 당하더라도 나에게 이익이 된다면 눈감고 귀 닫을 사람들 열에 열이구요,

황제용 적극 찬성 내지 동조할 사람은 열에 열한 명일 겁니다. 옳고 그름, 양심, 도덕은 중요하지 않습니다. 오직 나에게 이익이 되느냐 안 되느냐⋯⋯.

강희건 롤로코스터법은 누구에게 이익이 되는 건데?

황제용 40세 이하의 청년들입니다.

공주영 물론 굳어진 연금을 청년일자리 창출 및 안전한 미래를 위해 투자하겠다는 확실한 비전을 제시한다면요.

박무환 연금이 굳으면 할 수 있는 일은 많겠지. 하지만 법 만드는 게 누워서 떡먹긴 줄 아나?

남봉군 국민투표를 실시하면 됩니다. 40대 이하는 모두 찬성할 겁니다.

강희건 확신하는 이유는?

황제용 저희 청년들이 모두 찬성표를 찍을 거니까요.

공주영 우리의 미래는 우리가 지켜야 하니까요.

남봉군 어쩌면 50세까지도 찬성할 지도 모르겠네요. 그들은 당장 부모님을 모시는 문제와 자녀들 등록금 및 결혼자금

으로 등골이 휘어지다 못해 부러질 지경에 이르렀을 테니까요.

황제용 후보님께서 이 법을 만드시겠다고 하면 우리 청년들은 몰표를 던질 겁니다.

김중대 자네들이 그 정도로 파워가 있나?

장아성 황제용 군과 공주영 양 팔로우만 각각 천만입니다, 대표님.

박무환 각각 천만이면 2천만?

강희건 그들이 모두 투표권은 있고?

공주영 19세 이상 45세 이하니까요.

강희건 다 좋아. 롤로코스터 한 번 탄다고 심장마비가 올까?

전문가2 와도 문제에요. 탑승자가 모두 심장마비로 사망했다는 걸 알아봐요. 법 만든 사람은 백프로 탄핵감입니다.

박무환 안 돼! 탄핵은 안 돼.

남봉군 그것도 문제가 없도록 법제화 할 수 있습니다. 세부 사항으로 롤로코스터 탑승과 동시에 실버타운 입주. 모든 비용 국가 부담. 입주자는 연금 포기, 가족과 면회금지, 연락은 전화로만. 사망 시 가족에게 통보. 가족이 장례식을 원할 경우 장례비용 일체 부담.

전문가2 가족들이 받아들이겠어요? 대한민국은 민주주의 국갑니다. 가족 간의 만남도 통제되는 게 민주주의입니까?

남봉군 박사님, 어머님 요양원에 모셨죠?

전문가2 (움찔) 그, 그건 어머님이 원하셔서?

남봉군　물론 그러셨겠죠.

전문가2　치매환자라……

남봉군　치매환자 집에서 케어하기 정말 힘듭니다. 국가가 책임 져주는 건 당연하죠. 그런데 얼마나 자주 찾아뵙고 계 시죠?

전문가2　틈나는 대로…… 그러니까…….

남봉군　노인문제 전문가로 대한민국 전체 노인문제를 해결하려 다보니 도저히 틈이 안 나셨을 겁니다. 그래서 일 년 가 야 한 번 가볼까 말까 하고 계십니다.

전문가2　전화는 자주 드립니다, 복지사한테. 어머니랑 통화는 힘 들어서.

남봉군　그래도 문제는 없으시죠?

전문가2　물론이죠.

남봉군　보십시오. 연락 단절. 문제없습니다. 나이든 부모 국가가 대신 모셔드릴 테니 니들은 일체 간섭하지 말라.

황제용·공주영　쌍수 들고 박수 칠 겁니다.

캠프사람들　(반박할 수 없어 앓는 신음소리)

김중대　만 70세 이후에 받을 연금은 고스란히 연금공단에 귀속 된다 쳐. 실버타운 비용 감당하려면 오히려 손실이 클 수도 있지 않을까?

남봉군　얼마나 다행입니까. 박무환 후보님 캠프엔 국내 굴지의 그룹 강희건 회장님이라는 든든한 뒷배가 있으니까요.

강희건　무슨 뜻이야?

공주영   천국실버타운.

황제용   국내 최고 최첨단 설비를 완벽하게 갖춘 실버타운이죠.

남봉군   연금이 굳어도 실버타운 일체 비용을 국가가 부담할 경우 결국 연금 이상의 비용이 필요할 수 있습니다. 그렇게 되면 롤로코스터는 의미가 없는 거죠.

김중대   그렇지. 오히려 추가비용이 발생할 수도 있거든. 특히 의료비가 발생할 경우, 천정부지로 치솟을 수도 있고.

남봉군   그래서 강희건 회장님의 협조가 필요하다는 겁니다.

강희건   설마, 국가가 운영한다는 실버타운이 우리 천국실버타운?

남봉군   그 정도는 돼야 롤로코스터를 자발적으로 타려 하지 않겠습니까?

강희건   뭐야? 지금 우리 그룹에서 운영하는 실버타운을 국가에 헌납이라도 하라는 거야?

남봉군   네버랜드와 실버타운을 갖춘 천국그룹에서 국가시책에 적극 협조하는 걸로 그림을 잡아야겠지요.

박무환   대~박. 천국그룹 이미지 엄청나게 좋아지겠는걸.

강희건   나는 사업가야. 나한텐 어떤 이익이 생기지?

박무환   방금 내가 말한 것 같은데. 이미지.

강희건   (비아냥) 후보님~ 나는 철저하게 실리주의잡니다. 실익이 생기지 않는 한 발을 담그지 않는다는 뜻이죠.

장아성   국민연금을 사금융처럼 활용할 수 있지 않을까요, 회장님? 물론 수익을 장담하셔야겠지만. 요즘 천국보험에서 아메리칸 익스프레스보험사 인수합병 추진하는데 자금

이 달린다고 들었습니다만.

박무환 이미지도 좋아지고 실리도 챙기고, 롤로코스터, 강 회장
한텐 달리는 적토마가 되겠는 걸.

김중대 실현 가능하기만 하다면야······.

박무환 천국실버타운이라······.

7장. 광고

종편의 보험광고 형식을 차용한 천국실버타운 광고다.
모델들이 나와서 설명할 때, 배경으로 영상이 흐른다.

모델1 천국~ 여러분은 죽어서 천국에 가고 싶습니까, 살아있는 동안 천국에서 살고 싶으십니까.

모델2 저는 살아있는 동안 천국에서 살고 싶습니다.

모델1 현실에 존재하는 천국. 바로 천국실버타운입니다.

모델2 천국 실버타운은 최신 의료시설 및 최고 의료진으로 구성된 최첨단 병원, 최고 실력의 건강도우미가 상시 대기하고 있으며, 입주자 개개인의 체질과 기호를 고려한 식단 마련을 위한 영양사 및 셰프가 상주하고 있음은 물론, 쇼핑몰, 극장 및 댄스실. 마사지실, 오락실, 수영장 등 각종 부대시설을 완벽 구축하고 있는 국내 최초 최고의 원스톱 실버타운입니다.

모델1 세계 제일의 리조트 산업을 이끌고 있는 천국그룹이 만들었습니다.

모델2 천국 실버타운으로 오십시오! 여러분의 천국이 되어드리겠습니다.

광고 영상 앞으로 박무환, 띠를 두르고 선거 유세를 한다.

박무환 국민여러분, 저 박무환 대통령이 되면 롤로코스터법을 만들겠습니다. 롤로코스터법은 천국실버타운으로 가는 문입니다. 국민연금 개혁과 청년들의 일자리 및 안전한 미래를 해결할 수 있는 최적의 법입니다. 저 박무환을 뽑아주십시오. (유권자들과 악수를 하며 다닌다)

강희건과 남봉군 그 모습 지켜보며 각자의 감정을 담아 미소를 짓는다.

강희건 제대로 한 건 했군.

남봉군 세계 제일 기업 총수에 오르셔야지 않겠습니까.

강희건 심장 기능 떨어진 늙은이들 롤로코스터에 태워 골로 보내시겠다?

남봉군 운 좋으면 살아남는 늙은이도 있겠지요.

강희건 그럼 안 되지. 한 명도 살아남지 못하게 해야 해. 그래야 완벽한 법이 되는 거야.

남봉군 이래서 제가 회장님을 좋아하는 것 같습니다. 숨기려 해도 제 속이 들키고 말거든요.

강희건 누가 그랬다더군. '인간은 인간에 대해 괴물이다.' 자넬 보면 그 말을 한 사람이 존경스럽기까지 해.

남봉군 회장님을 닮아가려고 발버둥치고 있는데 인정해 주셔서 감사합니다.

강희건 적자생존 약육강식이 동물의 세계에서나 일어난다고 생각하는 사람들은 정말 순진한 사람들이야.

남봉군 인간들이 살고 있는 이 도시가 바로 동물의 세계 아니겠습니까.

강희건 동물의 세계보다 더 잔혹한 괴물의 세계지. 인간은 모두 시한폭탄 같은 존재야. 누가 언제 어디서 어떻게 왜 터질지만 모를 뿐이지.

우리가 아는 진실 하나. 이 세상에 유일무이한 진실 하나.

남봉군 '인간은 계속 나고 늙고 죽어가지만 그럼에도 세상은 돌아간다.'

강희건 빙고! 요즘 사람들, 부모 형제 가족 우정 그딴 거에 관심 없어.

남봉군 '나'밖에 모르죠. '나', '나의 이익', '나의 성공', '나의 명예', '나의 행복' ……

강희건 남 대표 자넨 어때?

남봉군 앞으로의 세상은 회장님 중심으로 돌아갈 것이라고 확신합니다.

강희건 CEO 열 명 중 네 명이 사이코패스라지. (입 꼬리가 올라간다)

남봉군 (섬뜩하다)

박무환, 유세장을 돈다.

박무환 제가 대통령이 되면 만 71세가 되는 모든 분들은 천국실버타운 입주권을 받을 수 있습니다, 여러분. 천국그룹 강희건 회장의 오랜 숙원은 기업이윤의 사회 환원이었습니다. 대한민국 1위 그룹이 연금문제와 고령화 문제를 일시에 해결할 수 있는 확실한 대안을 저에게 부여해 준 것입니다. 롤로코스터에 탑승할 것. 천국실버 입주비용은 천국그룹이 일체 부담하기 때문에 국민연금은 포기할 것. 정부와 국민은 일체의 부담 없이 고령자들의 복지는 파격적으로 올리고, 청년들의 미래는 안전하게 하는 획기적인 법안입니다. 저를 대통령으로 만들어주십시오!

8장. 롤로코스터 탑승 절차

공주영의 할아버지 공노인(78세),
탑승 신청을 하고 절차를 밟고 있다.
황제용이 주는 원고를 들고 녹음실로 들어간다.

황제용 절차상 필요해서 그러는 거니까 맘 편하게 또박또박 읽어주시면 됩니다.

공노인 예!

황제용 심호흡 한 번 하시고, 준비되시면 시작하십시오.

공노인 (심호흡 후 읽기 시작한다) 나다. 애비다. 나는 잘 있다. 집엔 별일 없지? 애들은? 내 걱정은 마라. 속세에 사는 니들이 걱정이지 천국에 사는 내가 무슨 걱정이 있겠냐. 또 전화하마. 어이 쭈그렁 할배, 전립선은 이상 없고? 즐길 수 있을 때 즐겨. 암덩어리는 아직 방문 안 했지? 나, 나야 천국에 있는데 무슨 걱정. 심심하면 롤로코스터에 탑승해. 허허허…… 술 작작 마셔. 뭐니뭐니해도 건강이 최고야.

황제용 아주 잘 하셨습니다. 수고하셨습니다.

공노인 근데 무슨 절차가 이래요?

황제용 인공지능 들어보셨죠, 할아버지.

공노인 뭐…… 이세돌이랑 바둑 내기한 놈?

황제용	맞습니다. 그놈은 목소리만 들어도 성격 건강 기호식품 다 알아맞히거든요. 천국실버타운에 들어오셨을 때 꼭 맞는 서비스를 하기 위해서 꼭 필요한 절찹니다.
공노인	세상 참…… 그래, 그놈이 나는 뭐래?
황제용	결과는 천국실버타운에 입주하시면 알려드리겠습니다.
공노인	다 끝난 건가?
황제용	정해진 날짜 정해진 시간에 네버랜드로 오시면 됩니다.
공노인	나 꼭 입주해야 하니까 잘 좀 부탁해요.
황제용	손녀따님께서 특별히 부탁하셨습니다. 운동 열심히 하고 계시죠?
공노인	죽을 똥 살 똥. 헤헤…… 얼른 운동하러 가야지.

9장. 공노인의 집

공노인의 장남부부와 차남부부 그리고 딸이 실랑이를 벌이고 있다.

딸　　　　미쳤어미쳤어. 멀쩡한 집 두고 뭐하러 롤로코스터를 타시겠대?

장남　　　이 집 다음 달이면 은행으로 넘어간다.

딸　　　　뭐? 왜?

맏며느리　(차남을 본다)

딸　　　　오빠, 아버지 집까지 담보 잡혔어?

공주영모　아버님이 그러라고 하셨어요.

딸　　　　식구들 몽땅 길거리 나앉게 생겼다, 그렇게 되면 차라리 혀 깨물고 죽겠다, 그랬죠?

공주영부(차남)　갚을 거야. 내 장기를 팔아서라도 갚을 겁니다.

맏며느리　팔만한 장기가 있다면요.

공주영부　형수!

공주영모　당신이 참아!

맏며느리　당신이 참아? 지금 누가 참고 있는데? 엄연히 장남이 있는데 의논도 안하고 아버님 집을 담보 잡혀놓고 말이야.

공주영모　장남 맏며느리 노릇이나 하고 그런 소리 하셔야죠, 형님.

맏며느리　동서!

딸　　　　다들 미쳤어. 아주 제대로들 미친 거야. 당장 이 집에서

　　　　　나가요들. 아버지 내가 모실 거야.

장남　　나 아직 안 죽었다.

딸　　　그래서, 엄마 돌아가신 지 3년이 넘도록 아버지 팽개쳐 두셨어?

장남　　아버지가 혼자 계시겠다잖아.

맏며느리　맞아요. 요새 세상이 우리만큼 부모 뜻 잘 받드는 효자 효부가 어딨다고.

딸·공주영모　(동시에) 소가 웃겠다.

맏며느리　보자보자하니까. 아가씬 그렇다 치고 동서가 나한테 이럴 자격 있어?

공주영모　아버님이 이이 이뻐하셨잖아요, 아가씨.

딸　　　퍽이나. 사고뭉치라 골머리만 앓으셨구만.

차남　　거기까지만 해라. 니가 내 동생이라도 더는 안 참는다~

딸　　　안 참으면 어쩔 건데…… 이 등신아!

차남　　등신아?! 이 기집애가 나 니 오빠야!

딸　　　오빠면 오빠답게 굴던가!

　　　　　차남, 딸의 뺨을 때리고 밟기 시작한다.
　　　　　순식간에 일어난 상황에 다들 넋이 나간다. 어느새, 들어와 지켜 보던,

공노인　(버럭) 그만두지 못해! 뭐하는 짓이야. 니들이 이러고도 형제야? 가족이야?

자식들, 공노인 보기가 무색하다.

공노인 내 인생이다. 내가 롤로코스터를 타든 말든 니들이 무슨 상관이야! 다들 돌아가!

공주영모 가족 동행해야 하잖아요, 아버님. 가서 동의서에 사인도 해야 하고…….

공노인 (째려보며) 누가 내 가족인데? 이 찰거머리 같은 것들. 내 인생에서 썩 꺼져 버려! (쫓아낸다)

다들 쫓겨난다. 공노인, 넋을 놓고 앉아있다. 공주영 들어선다.

공주영 할아버지?

공노인 주영이 왔나?

공주영 무슨 일 있으셨어요?

공노인 아니다. 할애비 오늘 입주절차 밟고 왔다. 아주 친절하게 해주더구나.

공주영 그, 그러셨어요?

공노인 롤로코스터법이 내 나이 일흔셋에 만들어졌어. 그래서 우린 혜택을 못 받아 서운했는데, 천국그룹에서 용단을 내려줘 얼마나 감사한지.

공주영 연령 초과 되신 분들이 기회를 달라고 많이 항의해 오셨거든요.

공노인 나 들어가고 나면 이 집 니가 알아서 처리해라.

몰래 숨어보고 있던 차남과 둘째 며느리 달려 나오며,

차남　정말요? 정말 주영이가 이 집 처리하면 되는 거예요, 아버지?

공노인　이 집 이미 주영이한테 넘겼다.

차남　예?

주영모　주영이 니가 돈이 어딨었어?

공주영　회사에서 직원 대출 받아서 갚았어. 회사 대출이 이자가 싸거든.

차남　아이고 이쁜 우리딸. 천국그룹 정직원 됐나 보네. 그렇지? 그런 거지?

공주영　좀 됐어요.

주영모　근데 왜 말 안 했어?

공노인　보증 서 달랄까봐.

주영모　아버님~ 사업은 아범이 했지 제가 한 게 아니거든요.

공노인　행여라도 이 집 넘볼 생각 마. 주영이 너도 니 아버지한테 이 집 뺏길 것 같으면 큰아버지한테 줄 테다.

공주영　걱정 마세요, 할아버지. 회사대출금 갚을 때까진 어차피 아무도 못 건드려요.

공노인　내가 너 믿고 롤로코스터 탄다.

공주영　……! (죄책감을 감추려 얼른) 운동, 운동하셔야죠, 할아버지. 특히 심장을 강하게 만들어야 해요. 안 그럼 위험하거든요.

차남　　　걱정 마. 울 아버지, 매주 등산 다니시고, 수영, 헬스······.

둘째며느리　　지난번엔 공원에서 두 손 놓고도 자전거 잘만 타시던데. 그죠 아버님.

공노인　　그걸론 부족해. (실내 자전거를 타기 시작한다) 오래 살아야 우리 주영이 시집가는 것도 보고, 손주도 보지.

공주영 부, 공주영 모, 그리고 공주영 응원하고 있다.

공주영부　　월남전 참전용사의 진면목을 보여주십시오, 아버지!

공주영모　　홧팅! (물을 가져와 건네주며) 아버님 여기 물. 운동할 때 수분 공급을 잘 해줘야 피부 노화가 덜 된대요.

공노인　　내 나이 일흔 하고도 여덟이다.

공주영모　　누가 믿겠어요. 딱 쉰 살로밖에 안보이세요, 아버님. 안 그러냐, 주영아?

공주영, 대꾸 않고 텔레비전을 켠다. 가족들 쪽 암전되고,

인서트

시사프로그램 방송 중이다.

사회자 우여곡절 끝에 국민 55프로의 찬성으로 롤로코스터 법이 시행된 지 5년이 지났습니다. 박무환 대통령은 이 법 시행을 계기로 재선에 성공했습니다. 오늘 시사토론 백분에서는 롤로코스터 법 시행 이후 무엇이 어떻게 달라졌는지, 전문가들을 모시고 얘기를 나눠볼까 합니다. 먼저 국민연금 기금운용본부장님, 국민연금 이제 안전합니까?

본부장 안전합니다.

사회자 시행 겨우 5년 만에 말이죠?

본부장 저도 놀라고 있습니다. 수십 년 동안 적자에서 허덕이고 있던 국민연금이 단 5년 만에 흑자로 전환되었습니다.

사회자 롤로코스터 법의 시행 덕분이라는 말씀이지요?

본부장 맞습니다. 게다가 천국그룹의 두뇌들이 모여 있는 전략기획실에서 위탁관리를 전담해 준 덕분에 수익률은 연평균 12%를 기록하고 있습니다.

사회자 국민연금기금운용본부장으로서 자존심 상할 일일 텐데요.

본부장 네?

사회자 국민연금공단 자체 관리보다 천국그룹의 관리가 더 성
공적이라고 고백하신 거잖습니까.

본부장 누가 하면 어떻습니까. 잘하는 사람이 해서 투자성공만
해 준다면야 누이 좋고 매부 좋은 일이지요.

박교수 맞습니다. 게다가 수익금 전액을 청년 일자리 창출에 투
자한 결과 청년들은 포기했던 취직, 포기했던 결혼, 포기
했던 출산 등을 포기하지 않게 되었고, 덕분에 출산율도
빠른 속도로 회복되고 있습니다. 롤로코스터 법 시행이
가져온 효과죠.

사회자 그러니까 롤로코스터 법은 현재 모든 면에서 긍정적이
라는 뜻입니까 한국대학 경제학과 박경제 교수님?

박교수 예. 이제 우리사회에서 '삼포 세대 칠포 세대 11포 세대'
등 포기 세대라는 단어는 곧 사라지게 될 것입니다. 학
생들이 다시 꿈을 꾸기 시작했습니다. 미래를 설계하고
있습니다.

본부장 이게 다 천국그룹이…….

사회자 우리 본부장님, 기승전 천국그룹이군요. 마침 천국그룹
전략기획실 실장님도 여기 자리해 계신데요,

실장 과찬이십니다. 저희는 다만 국가와 국민들 특히 미래 세
대의 안전한 삶을 위해 어떻게 하면 국민연금 수익률을
높일 수 있을까, 그것만 가슴에 품고 열심히 정보를 수
집하고 데이터를 분석하여 투자처를 선택한 것밖에 없
습니다. 대통령과 정부, 그리고 국민연금 관계자들이 우

리 천국그룹과 강희건회장님을 믿고 국민연금 운용을 맡겨주신 것에 대한 보답일 뿐입니다.

사회자 참 보기 좋습니다. 과거 정부시절 기업과 정부의 협력은 '결탁'이었다면 박무환 정부와 천국그룹 강희건 회장의 협력은 '결속'이다. 과거는 정경유착이었고, 현재는 정경협치라는 말들이 회자되고 있습니다. 국민들은 벌써 박무환 대통령의 삼선을 기정사실화 하고 있다고 합니다. 박무환 대통령의 삼선 가능할까요?

박교수 당연히 삼선되어야 합니다. 롤로코스터법을 입안하시고 성공적으로 정착시킨 공로만으로도 삼선까지는 마땅해야 한다고 생각합니다.

본부장 맞습니다. 내일만 생각하면 참담했던 우리 대한민국에 희망의 불꽃을 피우신 분입니다. 마땅히 삼선되어야 합니다.

실장 박무환 대통령이 아니라면 누가 우리 천국그룹 강희건 회장님의 협조를 받을 수 있을까요. 두 분의 우정이 아름다운 협치를 이뤄냈고, 대한민국을 희망의 국가로 만들 수 있었습니다.

사회자 이거 제 맘을 숨길 수가 없네요. 저도 우리 박무환 대통령님이야말로 "백년에 한 번 나온 분", "국난극복을 해줄 구세주"라고 생각하고 있었거든요.

노인관객 튀어나온다.

관객	에라이 국민들 우롱잔치 더는 못 봐주겠다. 줏대 없는 놈들. 니들이 무슨 전문가야? 금뺏지 달고 싶어 안달한 놈들이지.
사회자	어르신 지금 생방송 중입니다.
관객	왜? 오늘 주제를 박비어천가 강비어천가라 하지 그래. 대놓고 나 뺏지 달고 싶어요, 외치지 그래.
본부장	사실을 사실 그대로 말했을 뿐입니다.
관객	우리 늙은이들 모두 천국실버타운에 가둬놓고 젊은 것들끼리 떵가떵가…… 신났지들?
실장	가둔 게 아니라 모시고 있는 거죠. 천국실버타운 입주자들, 현실에서 천국을 경험하게 되었다며 얼마나 행복해하시는데요.
관객	근데 왜 못 만나게 해? 내 친구들 죄다 롤로코스터 태워 데려 가놓곤 왜 못 만나게 해?
사회자	어르신도 들어가시면 되잖아요, 천국실버타운으로. 아이들도 놀 친구가 없어서 친구 따라 학원 다니는 세상 아닙니까.
실장	예. 당장 롤로코스터 타러 가시죠. 제가 절차 간편하게 해드리겠습니다.
관객	안 속아. 세상 사람들 다 강희건하고 박무환한테 속아도 나는 안 속아. 흥. (나간다. 그러다 카메라 쪽으로 가) 강희건 박무환, 니들은 나이 안 먹을 거 같지? 세상 공평한 게 시간이고 세월이야. (휑하니 퇴장한다)

사회자　시청자 여러분 대단히 죄송합니다. 아무래도 롤로코스터 법 시행 전에 이미 만 칠십일 세를 넘기셔서 혜택을 못 받은 것에 대해 불만을 가지신 분이 아닐까 싶습니다. 저런 분들을 위해서라도 혜택의 범위를 좀 더 넓힐 필요가 있지 않을까 생각합니다만.

박교수　그러지 않아도 롤로코스터 법 시행 전에 이미 만 칠십일 세를 넘기신 분들에게도 기회를 주는 방안을 검토 중인 것으로 알고 있습니다.

본부장　서둘러 방안이 확정되도록 적극 의견을 내도록 하겠습니다.

사회자　롤로코스터 법은 국가를 위기에서 구한 최적의 전략이었다는 결론을 내리면서 방송 마무리하도록 하겠습니다. 시청해 주셔서 감사합니다.

10장. 장례식

장례식장. 공노인의 친구 장례식장이다. 썰렁한 장례식장.
아들과 며느리 상주 자리 지키고 있고, 조문객은 공노인과 친구 달
랑 둘뿐이다.

공노인   어떻게 된 거야? 지난주까지 멀쩡했잖아.

공─친구   내가 하지 말라고, 말라고…… 그렇게 말렸잖아.

공노인   뭘?

공─친구   그거.

공노인   그거? 뭐?

공─친구   너 하려고 하는 거.

공노인   롤로코스터?

공─친구   (속삭이듯) 그게 늙은이들 황천길 가는 기차래잖어.

공노인   무슨 소리야. 다들 못 타서 안달하더구만.

공─친구   가족들 면회는 왜 안 된다는 거야?

공노인   평소엔 만나러 오라고 해도 안 오던 자식들이 천국에서
잘 살고 있는 사람 뭐 하러 귀찮게 만나려고 해?

공─친구   같이 안 사는 건 좋아도 안부는 묻고 살아야지.

공노인   전화로 하면 되잖아. 전화 된다며?

공─친구   …… 그건 그런데…… 입주한 지 일주일도 안 돼서 죽어
나오니까…….

공노인 우리 내일 모레 여든이다.

공_친구 기왕 입주시키려면 그냥 시키지 롤로코지 뭔지 그건 왜 태우냐고?

공노인 그거 타고 한 바퀴 도는 동안 건강체크까지 다 된다며? 인공지능인가 뭔가가 부착된 열차라…… 방송에서 그러던데.

공_친구 정부하고 방송하고 다 짜고 치는 고스톱이야. 방송사 사장을 정부에서 임명하잖아. 누가 그러는데, 도전한 노인들 대부분이 즉사하거나, 충격으로 천국실버타운에 입주도 못해보고 죽었대.

공노인 설마~

공_친구 타지 마. 알았지? 난 절대 안 탈 거야. 독거노인으로 살아도 내 명대로 살다 죽을 거야.

그 사이, 연금공단 대리 변호사 조문을 온다. 아들, 조문을 받고, 자리로 안내한다.

변호사 삼가 고인의 명복을 빕니다.

아들 와주셔서 감사합니다.

변호사, 금일봉이 든 봉투를 건넨다. 아들 확인한다.

아들 이천만 원이군요.

변호사　약정대로지요. (서류를 내민다.)

아들, 서류를 보고 사인한다. 사인할 게 많다.

공─친구　연금공단에서 나왔나보네. 사람이 죽었는데 2천만 원이 뭐야.

공노인　2천만 원이면 장례비 충분하잖아.

공─친구　100세까지 살았으면 받을 연금이 못돼도 3억은 됐을 거다.

변호사, 아들과 인사를 나누고 장례식장을 떠난다.

공노인　화장실 다녀올게.

공─친구　(고개 끄덕이고 영정사진을 보며) 등신…… 죽을 거 알고 간 거지? 잘 죽었다. 몇 년 더 산다고 무슨 부귀영화가 오는 것도 아니고 자식들한테 젊은 것들한테 눈치구덩이로 살 건데 차라리 깨끗하게 잘 갔어. 그치만 난 절대 안 타. 누구 좋으라고? 세상 이만큼 살게 된 게 다 누구 덕인데? 우리 덕이야. 우리가 죽을 똥 살 똥 산 덕. 그런데 왜 우리가 젊은 것들 눈치나 보고 살아야 해? 늙은 것도 서러운데 늙었다고 괄시하고 짐짝 취급 해? 지들은 영영 젊을 줄 아나본데…… 택도 없어. 인간 누구나 늙고 병들고 죽어. 두고 봐. 나 끝까지 지켜 볼 거다. 이럴 땐 애비 무능하다고 버리고 도망간 자식들한테 고맙다고 해야 하나. 살인 열차 타라고 등 떠미는 놈 없으니까. 만석아, 거기선 늙었다고 설움 안 주지?…… 나 갈 때까지 잘 살고 있어. (울먹울먹)

11장. 장례식장 앞 주차장

연금공단 관계자, 변호사 기다리고 있다.

변호사　씨발~ 언제까지 이 짓거릴 해야 하는 거야.

관계자　이제 겨우 나라가 안정되고 있어. 살만한 세상 됐다고 국민들이 좋아하잖아. 좋은 일 하는 거야.

변호사　천국실버타운 들어가 봤어?

관계자　가봤지.

변호사　성공한 노인네들 있긴 한 거야?

관계자　그럼. 천국이 따로 없더라. 너무 편안하고 시설이 좋으니까 노인네들이 회춘을 하더라니까. 야, 나도 빨리 나이 들고 싶더라.

변호사　그런데, 왜 이렇게 죽어 나오는 사람이 많은 거냐고?

관계자　갈 때 됐으니까 간 거겠지. 솔직히 70까지만 살아도 오래 산 거 아냐?

변호사　너 나이 들어서도 그런 소리 하나보자.

관계자　나? 칠십 되려면 까마득하거든.

변호사　(콧방귀) 25년? 찰나거든.

관계자　앗싸. 나 이제 밤늦게 이 짓거리 안 해도 되는 거야? 천국 가서 놀고 먹는 거야?

변호사　너도 들었지. CEO 열 명 중 네 명이 사이코패스라는 말.

강희건은 사이코패스야. 이런 걸 기획할 정도로.

관계자 강 회장이 기획한 거 아냐. 청안미사단.

변호사 나도 거기 가입했었는데, 그럴 리가 없어. 청년들 미래를 안전하게 만들자는 취지로 만든 단체라구.

관계자 너 인터넷으로 가입만 했지? 활동한 적 없지?

변호사 공부하기도 바쁜데 활동을 어떻게 하냐?

관계자 거기 무시무시한 곳이야. 조직 배신하는 순간 죽음이래.

변호사 그럼 청안미사단 뒤에 강희건 있다는 소문도 사실이야?

관계자 (긴장·공포) 쉿! 강희건 회장 천리안이래. (누가 보고 있는 것 처럼 과장되게) 강희건 회장이 얼마나 바쁘신 분인데 애들 모임에 끼겠어.

변호사 뭐가 무서운데?

관계자 나 자식이 셋이다.

변호사 자식 핑계로 비겁 비굴 비열이랑 친구 잡수시겠다?

관계자 아, 자식. 너 이 일 하기 싫음 관둬. 늘린 게 변호사야, 임마.

변호사 노상식!

관계자 왜 변강수!

변호사 나 자식 둘이다.

관계자 그니까 정의로운 척 하지 말고 서둘러. 오늘 우리가 돌 아야할 장례식장만 백군 데가 넘는다. (간다)

변호사 (어쩔 수 없다는 듯 풀이 죽어 따라간다)

처음부터 숨어서 듣고 있던 공노인, 모습을 드러낸다. 고개를 갸웃한다. 뭔가 심상치 않은 기운을 느낀 것이다. 공─친구 나온다.

공─친구 여기가 화장실이야?

공노인 타지 말까?

공─친구 뭘?

공노인 롤로코스터.

공─친구 만석이 보고도 타려고?

공노인 신청했는데 물려줄까?

공─친구 어서 전화해. 취소하겠다고.

공노인 (핸드폰으로 전화 건다)…… 나 안 탈래요…… 공태순데요?…… 취소 안 된다구요?…… 왜요? 이미 접수가 끝나면 취소 불가라고요. 서류 사인할 때 약정서 보여드렸다고요?…… 콩밥 먹는다구요?…… 네. (전화 끊는다)

공─친구 뭐래?

공노인 타야 한대. 무조건.

공─친구 이런 쳐 죽일 놈들.

공노인 만석이한테 인사나 하고 집에 가야겠다. (장례식장으로 간다)

공─친구 까짓 성공하면 되지 뭐. 꼭 성공해라. (뒤따라 들어간다)

12장. 파티

대통령 박무환(60대 초반)과 강희건, 장아성 비서실장(50대 초반), 총리 김중대(60대 후반), 네버랜드 및 천국실버타운 사장 남봉군(40대 후반), 네버랜드 관리팀장 황재석(40대 초), 롤로코스터 운영팀장 공주영(40대 초)이 파티 중이다. 와인 파티.

모두들 즐겁고 여유로운데 김중대는 연신 땀을 닦으며 초조함을 드러낸다.

박무환　고맙네, 남 사장. 덕분에 삼선에 성공했어.

장아성　청안미사단 덕분에 청년들한테 최고의 인기맨이시구요.

남봉군　(불쾌한 얼굴을 하고 있는 강희건과 눈 마주치면) 이 모든 건 강희건 회장님이 계셨기에 가능했다고 생각합니다. 저희들을 전폭적으로 지원해 주시지 않았다면…….

박무환　(아차) 두 말 하면 잔소리. 강 회장이야말로 삼선의 일등 공신이시지요.

장아성　맞습니다. 오죽하면 언론이 자발적으로 "과거 정부시절 기업과 정부의 협력은 '결탁'이었다면 박무환 정부와 천국그룹 강희건 회장과의 협력은 '결속'이다. 과거는 정경유착이었고, 현재는 정경협치다"라고 전 국민 앞에서 선언을 하겠습니까?

박무환　그 사회자 지금 방송국 운영 잘하고 있지?

장아성 승승장구하고 있습니다, 각하!

박무환 오는 게 있으면 가는 게 있고. 인생사가 다 그런 거 아니겠어. 솔직히 대한민국 헌정사상 이렇게 아름다운 결속과 정경협치가 있었던 적이 있습니까?

일동 없습니다.

박무환 감사합니다, 강 회장님.

강희건 전 그저 각하께서 하자는 대로 따랐을 뿐입니다.

박무환 겸손까지. 좋습니다 좋아요. 그나저나 노땅들이 걱정입니다. 나 죽이겠다고 암살단까지 만들었다면서요?

강희건 늙은이들 용트림 신경 쓰지 마십시오, 각하.

김중대 그래도 너무 신경 안 쓰는 건 좀~.

강희건 총리님~ 걱정 마시라니까요. 제풀에 지쳐 쓰러지게 돼 있습니다. 죽을 날짜 받아 놓은 사람들 아닙니까?

남봉군 총 칼 들 기운이나 있을지 궁금합니다.

김중대 (버럭) 70세 청년이란 말도 못 들어봤나. 늙은 사람 괄시 말게. 자네라고 안 늙을까.

장아성 (얼른) 아유~ 오늘 우리 총리님 좀 예민하시네…… 남 사장님, T익스프레스 성능에 문제가 생겼다고 들었습니다.

남봉군 롤러코스터계의 넘버 원과 넘버 투를 만든 회사에 같은 기종으로 의뢰했습니다. 문제는 부지 선정인데…….

박무환 원하는 곳이 어딥니까?

강희건 광주와 부산 쪽에 각각 설치하는 게 어떨까 싶습니다. 이동 시간을 고려할 때 지역 안배가 필요할 것 같습니다.

박무환 역시 강 회장님이야. 비즈니스 얘기 나오면 눈이 반짝반짝 머리는 팽팽. 그런데 말입니다. 나는 몹시 궁금합니다. 강 회장님은 그 많은 돈 어디에 쓰시는지…… 자식이 있는 것도 아니잖습니까?

남봉군 (강 회장을 힐끔 본다)

강희건 천국그룹 식구들이 천만입니다. 장학생들이 오백만이구요.

박무환 아하~ 기업이익의 사회환원. 정말 멋지십니다. 존경스럽습니다.

강희건 부끄럽습니다. 기부야말로 제 유일한 기쁨이지요.

공주영 노후는 천국에서.

일동 노후는 천국에서.

장아성 공주영 팀장 할아버지께서도 천국실버타운에 입주하셨다죠?

공주영 감사하게도 입주에 성공하셨습니다.

강희건 그래요? 입주 기간이 얼마나…….

공주영 1년 정도 타운에서 사시다 작년에 돌아가셨습니다.

강희건 행복해 하시든가요?

공주영 천국에 사는 것 같다고 말씀하셨습니다.

박무환 브라보! 브라보! 우리 천국행을 기다리고 있는 분들이 타실 넘버원은 속도가 어떻게 된다구요?

황제용 추진구간에 들어선 다음, 단 몇 초 만에 시속 139km까지 가속되며 순식간에 높이 128m까지 치솟는 극한의 스릴이 특징입니다. 또한 세 가지 기록을 보유하고 있는데 20년 동안 깨지지 않았습니다.

박무환 어떤 기록입니까.

황제용 가장 높고 가장 빨리 달리고, 가장 급하게 떨어지는 것입니다.

박무환 덜 고통스럽겠군요.

강희건 순식간이겠지요.

박무환 이번에도 천국보험 수익률 최고 갱신하겠군요, 강 회장님.

강희건 국민연금 지급률은 최저를 갱신하겠지요. 그리고 보유액은 최고를 갱신할 테구요.

장아성 해서 이번에도 천국그룹에 투자를 늘릴 계획이십니다.

강희건 청년들이 좋아하는 일자리를 더 많이 만들도록 하겠습니다.

박무환 벤처인과 벤처기업에 더 많이 투자해 주세요. 자원이 없는 우리나라가 살아남을 수 있는 길은 오직 인재 발굴과 육성입니다. 과감한 투자를 부탁드립니다.

강희건 사명으로 알고 투자를 확실하게 늘리겠습니다.

박무환 아, 함께 기쁨을 나눠야 할 일이 또 있지 않나요, 장 실장?

장아성 예 각하! 올해 우리나라 출산율이 역대 최고치를 갱신했다고 합니다.

일동 브라보!

김중대 갱신갱신갱신……. (땀을 닦는다)

장아성 총리님 어디 편찮으십니까? 땀이 비 오듯 하십니다.

김중대   고령화 속도는 얼마나 되지요?

장아성   역대 최저라고 들었습니다. 이제 대한민국은 노인을 위한 노인의 나라가 아닙니다, 총리님. 고생하셨습니다.

박무환   우리 총리님 올해 연세가 어떻게 되시지요?

김중대   ……!

강희건   이런…… 각하, 여러 사람 모인 곳에서 개인의 나이를 묻는 건 실례지요.

박무환   아하…….

강희건   총리님~ 너무 걱정하지 마십시오. 뜻이 있으면 길이 있다. 그게 제 신줍니다.

박무환   강 회장 신조 덕에 내가 이 나라 대통령을 하고 있는 겁니다. 그것도 세 번이나. 국민들이 법까지 바꿔가며 절 대통령 자리에 앉히는 걸 보셨잖습니까. 다 롤로코스터법 덕분입니다. 하하하

강희건   덕분에 태아보험 가입률, 교육보험 가입률도 또 갱신했습니다.

박무환   사망률보다 출생률이 높아진 게 얼마만인지…… 제 임기 중에 인구가 줄어들었다는 불명예를 안게 될까봐 노심초사했었습니다.

강희건   우리 각하는 다 좋은데 걱정이 지나친 게 흠이십니다.

박무환   (뚱하게 본다)

강희건   질 좋은 일자리 갖다 바쳐, 주거 문제 개선해줘, 롤로코스터 법으로 연금문제 해결해 미래 불안 없애줘…… 이

렇게 능력 있는 대통령이 헌정사상 있었습니까? 유일하십니다. 두 다리 쭈욱 뻗고 주무셔도 됩니다, 각하.

박무환　(그제야 얼굴 펴지며) 그거야…… 강 회장님께서 물심양면 도와주신 덕분이지요. 아무튼 전 강 회장님만 믿겠습니다.

김중대　박무환 정부와 천국그룹 강희건 회장의 아름다운 결속을 위하여!

일동　위하여!

음악이 흐른다. 춤을 추는 그들. 조명 희미해진다.
강희건, 김중대를 데리고 구석으로 간다.

강희건　이민 가세요.

김중대　예?

강희건　2년 남았죠?

김중대　(고개 끄덕인다)

강희건　재산 이미 빼돌리신 거 압니다. 그리고 애들도 모두 미국 시민권자구요.

김중대　총리는 어떡하구요?

강희건　목숨과 권력 둘 다 가질 순 없습니다, 선배님.

김중대　명분이…….

강희건　천국병원에 예약해 놓겠습니다.

김중대　다시는 못 돌아오겠지요.

강희건　병역기피자들 입국하는 순간 바로 끌려갑니다. 롤로코스터 기피자들, 다시 돌아오는 날 롤로코스터 직행입니다.

김중대 명예는 실추되겠지요?

강희건 목숨 명예 권력 다 가질 순 없습니다, 선배님.

김중대 롤로코스터 법을 폐지하는 것도…….

강희건 선배님 목숨 살리자고 공든 탑 무너뜨리자구요?

김중대 각하하고 회장님도 곧 때가 올 텐데…….

강희건 받아들여야지요.

김중대 (의심쩍은 눈으로) 진심이십니까?

강희건 법 앞에선 누구나 공평해야 하지 않겠습니까.

김중대 그런데 저한텐 왜?

강희건 법을 어기라고 한 적 없습니다. 건강상의 이유로 치료차 떠나라고 한 거지요. 게다가 만71세가 되기 전까진 여행은 자윱니다. 그리고 건강이라는 게 한 번 나빠지면 쭉 나빠질 수 있는 거니까요.

김중대 아~

강희건 이제 즐기러 가실까요?

김중대, 얼굴이 밝아진다.

인서트

암전된 상태에서 소리.

안내멘트 탑 스릴 드랙스터 Top Thrill Dragster 탑승객 여러분 환영합니다. 탑 스릴 드랙스터는 출발하고 추진구간에 들어선 다음, 단 몇 초만에 시속 139km까지 가속되며 순식간에 높이 128m까지 치솟는 극한의 스릴이 특징입니다. 안전을 위하여 다음 사항을 준수해 주십시오. 운행 중 손잡이를 꼭 잡아주십시오. 롤로코스터가 멈출 때까지 자리에서 일어나지 마십시오. 탑승이 끝나면 안전요원들이 안전하게 천국실버타운으로 안내할 것입니다. 행복한 여행되시길 바랍니다.

5D처럼 극장에 롤로코스터가 등장한다.

안내 멘트 출발합니다!

롤로코스터 출발한다. 고령의 탑승객들은 어어어…… 소리를 내며 긴장감을 감추려 애쓰다 허걱 소리를 내기도 하고 각종 신음과 비명을 토해내더니 어느 순간, 롤로코스터 도는 소리만이 극장을 채운다.

13장. 비상상황 발생

남봉군과 황제용, 공주영 심각한 표정으로 서 있다.

남봉군 나이 제대로 확인했어?

황제용 만71세 정확합니다.

남봉군 그런데 살았다고?

황제용 예.

남봉군 죽여!

공주영 사장님!?

남봉군 다 된 밥에 코 빠뜨릴 거야? 강희건 박무환까지 보내려면 완벽해야 해.

황제용 오히려 좋아하지 않을까요?

남봉군 좋아하겠지. 지금쯤 롤로코스터법 폐지할 명분을 찾고 있을 테니까.

공주영 그럴 리가요?

남봉군 김중대 총리가 사표 내고 미국 왜 갔을까?

공주영 폐암이라고…… 치료 때문에 미국에…….

남봉군 박무환 삼선 축하 때, 와인을 주둥이로 들이부었어. 그러고도 멀쩡했던 사람이야. 강 회장이랑 비밀 애길 나누더니 갑자기 사표 내고 떠나버렸어.

황제용 나도 소문 들었어. 이민 절차 밟고 있다고 하더라구.

남봉군　예순아홉. 롤로코스터법 적용 불과 2년 남겨둔 상태였어.

공주영　지랄. 있는 것들은 어떻게든 살 궁리만 하는구나.

남봉군　강희건 박무환도 얼마 안 남았어. 분명 임기 전에 법 개정하려 할 거야.

황제용　어떻게 하실 생각이십니까?

남봉군　나도 폐지는 찬성이야.

공주영　그럼 문제될 게 없잖습니까.

남봉군　문제는 타이밍이야. 적절하고 적당한 타이밍.

황제용　적절하고 적당한 타이밍을 언제로 생각하시는지…….

남봉군　차기 대권 지지율 1위와 밀착접촉 중이야.

공주영　역시 우리 사장님. 그러니까 그 타이밍이라는 건 차기 정부?

남봉군　새 정부가 들어선 다음. 그리고 박무환과 강희건이 롤로 코스터에 오른 다음.

황제용·공주영　(놀라 입을 다물지 못한다)

남봉군　그러니까 그때까지는 생존자가 있다는 걸 두 사람이 알고 옳다구나 , 유효기간 지났구나…… 폐지 얘길 꺼내게 해선 안 돼.

공주영　우리 할아버지, 타자마자 돌아가셨는데, 모창연기자 불러다 할아버지 대역 시켰더라구요. 난 그 정도까지 치밀한 줄은 몰랐어요.

황제용　입주 절차에 목소리 녹음 왜 했을까?

공주영　건강 체크…….

황제용 프로젝트 입안자 맞아?

공주영 진짜 할아버지가 전화 하신 줄 알았다니까.

황제용 인공지능이라는 놈이 그래. 단서 하나 주면 수백 수천 개를 응용해 낼 수 있거든.

공주영 그걸 그렇게 이용할 줄이야…….

남봉군 가족 면회가 걸려서 걱정했더니 자기한테 맡기라고 했어. 정말 대단하지 않아.

공주영 목소리로 죽은 사람을 살아있는 사람으로 둔갑시킬 정도로.

남봉군 내가 말했지. 강 회장은 괴물이라고. 멘사 회원에 피도 눈물도 없다고.

황제용 아들이라면서 너무 부정적으로 말씀하시는 거 아니에요?

남봉군 그 사람은 여전히 날 아들 취급 안 해. 인정도 안 해. 믿음은 더더욱 없고.

황재용 그럴 리가요? 청안미사단을 전폭적으로 지지하고 계시잖아요.

남봉군 필요하니까. 쓸모가 있으니까. 내 어머니가 술집 작부였던 게 내 탓인가? 당신이 그 여잘 만났으니까 내가 태어난 거잖아.

공주영 설마 복수심 때문에 청안미사단을 설립하신 건 아니시겠죠?

남봉군 잘 하고 싶었어. 국가에도, 아버지에게도. 그래서 인정받고 싶었어. 그런데 여전히 내 아버지란 사람은 날 인정

안 해. 그룹에 심어 논 내 사람에 의하면 내 일거수일투
족을 감시한다더군.

황제용 그럼, 천국그룹의 후계자는 물 건너 간 거잖아요.

공주영 우린 사장님이 천국그룹 후계자 될 날만을 기다리고 있
는데…….

남봉군 준비는 끝났어. 유전자 검사 결과 자료 확보했어. 강희
건이 날 호적에 올리든 안 올리든 롤로코스터법만 폐지
되지 않으면 천국그룹은 내 꺼야. 그럼 너희들은 계열사
사장은 따 논 당상이지.

공주영 (기대에 차) 전 사장님 믿습니다.

황제용 저두 믿습니다.

남봉군 좋아!

공주영 강희건 박무환 두 사람 다 다른 탑승자들하고 똑같이 당
하는 걸 이 두 눈으로 지켜보고 싶어요.

남봉군 삼년은 금방이야. 그러니까 지금 할 일을 해.

황제용 지금 할 일이라면…….

남봉군 살았다는 탑승자 죽여!

공주영·황제용, 서로를 보곤 결심하고 남봉군 향해 예를 갖추고
퇴장.

(＊새 대통령 당선 소식 영상)

14장. 2040년

71세의 강희건, 골프 연습 중이다.

남봉군, 찾아온다. 남봉군, 서류를 내민다. 강희건 본다.

남봉군 회장님과 제가 유전자가 일치한다고 합니다.

강희건 그래서?

남봉군 이제 그만 절 아들로 인정해 주십시오.

강희건 그럼 난 뭘 얻는데?

남봉군 아들을 얻는 겁니다, 회장님.

강희건 지금까지 아들 없이도 잘 살았어. 설득될 만한 조건을 제시해보게.

남봉군 롤로코스터법에서 해방되게 해드리겠습니다. 이민 가거나 도망자 신세가 되지 않아도 롤로코스터에 탑승하지 않게 해드리겠습니다.

강희건 글쎄…… 그건 좀 구미가 당기는군. 그런데 새 정부에서도 그걸 폐지하고 싶어 하는 것 같은데 말이야.

남봉군 청안미사단에서 폐지 반대 압박을 넣고 있어 불가할 겁니다.

강희건 이거 무서운데…… 어쩔 수 없이 자네와 협상을 해야 하나? 생각해 보지.

남봉군 일주일 남았습니다, 회장님.

강희건 글쎄, 아직 일주일씩이나 남았잖나.

남봉군 그럼 연락 기다리겠습니다.

강희건 아, 기억하나? 20년 전에 우리가 나눴던 얘기.

남봉군 무슨…….

강희건 인간은 인간에 대해 괴물이다.

남봉군 우리는 모두 시한폭탄 같은 존재다.

강희건 인간은 계속 늙고 죽어가지만 그래도 세상은 돌아간다.

남봉군 무슨 말씀을 하고 싶으신 건지…….

강희건 내가 죽건 자네가 죽건 세상은 아무런 영향을 받지 않을 테고 계속 돌아갈 테지.

남봉군 영향을 전혀 안 받기야 하겠습니까.

강희건 연습시간을 너무 뺏겼군.

남봉군 죄송합니다. 그럼 이만 가보겠습니다.

강 회장, 돌아가는 남봉군의 뒤통수를 향해 골프를 치는 시늉을 해보인다.

강 회장, 계속 골프 치고 있고, 그 앞으로 도망 다니는 노인들, 포상금을 받기 위해 노인을 잡으러 다니는 청년들. "늙은이다. 포상금이다……" 소리 지르거나 혹은 호각을 불며, 노인들은 결국은 쓰러지거나 얼굴은 묻고 엉덩이만 드러낸 채 숨거나. 그 엉덩이를 향해 강 회장 골프채를 휘두르는데서.

암전.

에필로그

무대 밝아지면 프롤로그의 장면, 박무환, 강희건의 비밀아지트다.
강희건과 박무환, 청와대를 내려다보고 있다.

박무환   심심산골로 가야하지 않을까?

강희건   기피자들이 숨을 곳은 없어. 15세부터 무조건 청안미사
단에 입회하도록 법을 만들었잖아.

박무환   남봉군 그놈한테 우리 모두가 놀아난 거야. 청안미사단.
흥, 청년들의 미래를 사수하는 사람들이 만든 단체? 어
디 지놈이라고 나이 안 먹을까?

강희건   내년 쯤 폐지하는 쪽으로 새정부와 가닥을 잡은 것 같
더군.

박무환   지놈은 롤로코스터를 안타시겠다?

강희건   우리도 막상 때가 되니 도망자 신세가 되지 않았나.

박무환   권력의 단맛에 빠져 내일을 대비하지 못했어. 삼선 도전
할 때 폐지쪽으로 가닥을 잡았어야 했는데.

강희건   아니면 어떤 자에게는 빠져나갈 수 있는 조항을 삽입하
든가.

박무환   강 회장은 국민들을 너무 핫바지로 알아. (공포) 무슨 소
리가 들린 것 같은데……. (두리번. 경악)

'청안미사단' 특수요원들, 사무실로 들어선다.

황제용 강희건. 0000년 00월 00일. 만71세. 롤로코스터법 위반 자로 현장 검거하겠습니다.

공주영 박무환. 0000년 00월 00일. 만71세. 롤로코스터 법 위 반하였으므로 강제연행하겠습니다.

박무환 많이 지쳤었는데 차라리 잘 됐어. 가세나. (자진해서 간다)

강희건 영장을 보여주시겠나.

황제용 (스마트폰으로 접속한다. 영장이 없다. 당황한다) 사장님?

남봉군, 확인한다.

남봉군 강희건 65세? 당신 무슨 짓을 한 거야?

강희건 사실 나한텐 내가 태어나기 전에 죽은 형이 하나 있었 어. 부모님은 그 사실을 인정할 수 없었어. 해서 나는 태 어나자마자 형으로 살아야했지. 부모님 돌아가시면 바 로 잡아야겠다 생각했었는데, 좀 바빠야지. 해서 이번에 시간을 좀 냈지.

공주영 사기꾼.

강희건 비정상을 정상으로 돌렸을 뿐인데, 사기꾼이라…….

박무환 (허무한 웃음) 역시 강희건이야. 고맙다. 자네가 내 친구여 서. 살아남아. 최후의 한 명이 되어보라구. 가지.

황제용 잠깐만요.

박무환	왜?
공주영	(스마트폰 확인하더니) 법 위에 군림하는 분들은 호적도 맘대로 변경 가능하구나, 대한민국. 박무환 67세. 롤로코스터 적용대상 아님.
박무환	그, 그럴 리가……. (강 회장 본다)
강 회장	친구 없이 무슨 재미로 세상을 살겠나.
박무환	(풀려나며) 이래서 친구가 좋은 거구나.
남봉군	이건 사기야. 반드시 응징하고 말겠어, 당신들.
강희건	(어딘가를 보며) 그만 나오시게들.

아지트 구석에 몸을 숨기고 있던 경찰들, 모습을 드러낸다.

경찰	남봉군, 황제용, 공주영 당신들을 살인교사 및 살인, 공금횡령 및 사문서 위조혐의로 체포한다!
남봉군	공금횡령? 사문서 위조? 무슨 뚱딴지같은 소리야. 당신들 뭐야?
강희건	난 아들이 없어. 근데 넌 내 아들로 호적을 변경했지.
남봉군	난 변경한 적 없어.
강희건	보여줘.
경찰	(호적등본을 보여준다)
남봉군	이, 이건 조작이야. 난 호적 따위 변경하지 않았어. 왜 호적보다 더 확실한 물증을 갖고 있거든.
강희건	혹 유전자 검사 기록?

남봉군	그보다 정확한 증거가 있을까? (가슴팍에서 유전자 검사 기록지 꺼내 보여주며) 강희건 남봉군 99.9프로 일치.
강희건	남 대표, 대한민국 국민의 모든 의무기록 및 검사기록, 천국제약 인공지능 머신으로 수집되고 있는 거 알지?
경찰	(스마트폰으로 검사기록 보여준다) 강희건 남봉군, 불, 일, 치.
강희건	범죄가 또 하나 추가되겠군. 검사기록 위조. (허위공문서 작성)
남봉군	아냐. 아냐. 이건 조작이야. 누가…… (강희건과 눈 마주치면 분을 삭이지 못하고) 다, 당신…….
강희건	남 대표, 천국그룹 인공지능 머신이 해킹 당할 확률이 몇 프로라고?
남봉군	……!
강희건	제로야. 자네 덕이지.
남봉군	이…… 사기꾼…….
강희건	그동안 수고했네.
남봉군	냉혈한…….
강희건	덕분에 모든 문제가 해결됐어. 이제 난 안정된 나라에서 평안하게 노후를 즐길 일만 남았지. 다 청안미사단을 기획한 자네 덕분이야!
남봉군	악마!…….
강희건	맘껏 누리겠네. 끌고 가.
남봉군	두고 봐. 절대, 너보다 먼저 죽지 않을 거야!
강희건	심장이 멈출 때까지 롤로코스터에 태우게!

황제용   예, 회장님!

남봉군   황 팀장 너!

공주영   죄송합니다, 대표님. 실은 저희는 천국그룹 장학생이었습니다.

남봉군   (비명)

강희건   시끄럽군.

경찰들, 얼른 남봉군을 끌고 간다. 롤로코스터, 돌아가는 소리. 남봉군의 비명이 무대를 채우고, 그 상황을 차가운 미소를 흘리며 보고 있는 강희건.

박무환   우린 언제까지 버틸 수 있을까.

강희건   돈과 권력이 우리 것인 한.

박무환   언젠가는 죽겠지. 불로장생약이 있는 것도 아니고.

강희건   피 갈기, 장기 갈기는 있잖아. 살 수 있을 때까지 옴팡지게 살아남아야지.

대통령 당선자가 들어와 강희건에게 절을 한다.

당선자   취임 후 1순위로 롤로코스터법 폐지부터 추진하겠습니다.

강희건   내가 지금껏 살아남은 건 약속이행을 제1의 신조로 삼았기 때문일세.

당선자   명심하겠습니다. (퇴장)

박무환　　적어도 명대로 살다 갈 순 있겠군.

강희건　　무슨 소리. 세상이 얼마나 좋아졌는데.

황제용·공주영　(90도 절하며) 죽는 날까지 충성하겠습니다!

박무환·강희건　누가? 누가 죽는 날까지?

당황하는 황제용·공주영.

황제용·공주영　당연히! 저희가요.

박무환　　오~ 롤로코스터 안녕~.

강희건　　(샷을 날리며) 안~녕~ 롤로코스터!

박무환　　나이스 샷!

흐뭇한 미소 짓는 강희건과 박무환에서,

막.

한국 희곡 명작선 43

롤로코스터

초판 1쇄 인쇄일   2021년 1월 10일
초판 1쇄 발행일   2021년 1월 20일

지 은 이   국민성
만 든 이   이정옥
만 든 곳   평민사
              서울시 은평구 수색로 340 〈202호〉
              전화 : 02) 375-8571
              팩스 : 02) 375-8573
              http://blog.naver.com/pyung1976
              이메일   pyung1976@naver.com
등록번호   25100-2015-000102호
ISBN   978-89-7115-741-1   03800
              978-89-7115-663-6 (set)
정   가   7,000원